EU, EU, EU E O MAR

Dados Internacionais de Catalogação na Publicação (CIP)
(Câmara Brasileira do Livro, SP, Brasil)

Muylaert, Anna
  Eu, eu, eu e o mar / texto de Anna Muylaert; ilustrações de Mig.
São Paulo: Editora Melhoramentos, 2018.

  "Baseado na série da TV Brasil: Um menino muito maluquinho de Ziraldo".
  ISBN 978-85-06-08329-1

1. Literatura infantojuvenil. I. Mig. II. Título

18/18337   CDD 028.5

Índices para catálogo sistemático:
  1. Literatura infantil   028.5
  2. Literatura infantojuvenil   028.5

Obra conforme o Acordo Ortográfico da Língua Portuguesa

Projeto Editorial: Ana Maria Santeiro/AMS Agenciamento Ltda.

© 2018 Ziraldo Alves Pinto
Texto © 2018 Ana Luiza M. S. Muylaert
representada por AMS Agenciamento Artístico, Cultural e Literário Ltda.

Direitos de publicação:
© 2018 Editora Melhoramentos Ltda.
Todos os direitos reservados.

1ª edição, julho de 2018
ISBN: 978-85-06-08329-1

Atendimento ao consumidor:
Caixa Postal 729 – CEP 01031-970
São Paulo – SP – Brasil
Tel.: (11) 3874-0880
www.editoramelhoramentos.com.br
sac@melhoramentos.com.br

Impresso no Brasil

Baseado na série da TV Brasil

de
ZIRALDO

texto
Anna Muylaert

ilustrações de Mig

Era uma vez um menino muito maluquinho.
Em cada fase da vida - aos cinco, aos dez, aos trinta anos de idade - parecia ser um menino diferente, embora permanecesse sempre o mesmo.
Era, assim, como o tempo, que parece ser muito calmo, mas, no fundo, não para jamais.

casa não era apenas linda. Era linda e era nossa!

Eu estou feliz! Muito feliz!
Pela primeira vez, vou levar meus amigos para passar as férias de verão comigo na nossa velha casa de praia.

Eu tô triste... meio triste.

Depois de 25 verões, meus pais venderam nossa casa de praia, e estou indo lá pela última vez, para entregar as chaves aos novos proprietários.

Quando entrei naquela casa pela última vez e entreguei as chaves aos novos donos, senti um nó na garganta. Claro que eu desejei que eles fossem felizes ali como nós havíamos sido... mas quanta saudade eu senti! Que vontade de poder voltar no tempo e começar tudo de novo!

Na hora de ir à praia, minha mãe sempre demora um século! É tanta coisa que ela leva que parece que a gente vai ficar um mês por lá!

E AÍ, MÃE? VAMOS OU NÃO VAMOS?

De tudo o que eu revi hoje, duas coisas me emocionaram mais. A primeira foi a panela que eu costumava usar na cabeça quando era criança. A segunda foi a legítima prancha Leroy do papai, esquecida na garagem. Ele a comprou no primeiro verão que a gente passou aqui. Queria aprender a surfar. Teve algumas aulas, conseguiu ficar em pé e tudo, mas nunca chegou a pegar onda de verdade. Mesmo assim, sempre adorou essa prancha!

Praia, praia, praia...

Areia, areia, areia...

Quando o sol tá de rachar,

nada melhor que nadar no mar!

Quando a gente quer brincar,

o melhor é mergulhar!

Praia, praia, praia...

Areia, areia, areia...

PASSADO AG

ORA FUTURO

Eu estava construindo um grande castelo de areia de dois andares, onde morava um príncipe marisco dançarino milionário que tinha se casado com uma estrela-do-mar, quando bateu um vento e levou tudo pelos ares.

Eu estava surfando com a legítima Leroy do papai quando, de repente, bateu um vento muito forte. Eu fiquei tremendo de frio (e de medo)! Então, resolvi sair do mar.

Eu estava sentado na beira da praia, curtindo o cheiro do mar e me lembrando da infância, quando bateu um vento forte. De repente, vi na areia um menino que me pareceu familiar, usando uma panelinha na cabeça, como eu usava.

Eu pus os óculos para olhar direito. Foi difícil de acreditar. O menino era mesmo muito familiar.

Quando estava me preparando pra ir embora e fugir da maluquice, vi outro menino, saindo do mar com uma prancha idêntica à do meu pai.

Quase desmaiei! Era duro de acreditar, mas não era maluquice. Eu realmente estava diante de mim mesmo, na idade de dez anos. E aquela não era apenas uma prancha idêntica à do meu pai. Aquela era a própria prancha do meu pai! A mesma que eu estava carregando no bagageiro do meu carro!

Quando o vento acabou com o meu castelo, tive a ideia de brincar de rolar com o vento. Aí, de repente, vi um menino usando uma prancha igual à do papai. O menino era alto, forte e maneiro. Na hora, pensei que queria ser igual a ele quando eu crescesse.

Então, resolvi falar com ele para saber como tinha conseguido aquela prancha, mas, quando me aproximei, não sei o que aconteceu: o menino me olhou e ficou muito assustado.

Eu estava deixando a prancha do meu pai na areia quando, de repente, vi eu mesmo, com cinco anos de idade, vindo falar comigo. Pronto! Agora eu tinha ficado maluquinho de vez! Que raio de vento era aquele? Vento mágico? Tenho que confessar que eu fiquei cabreiro!

Talvez não fosse eu aos cinco anos, mas apenas um menino parecido, um irmãozinho perdido, sei lá. Então, resolvi tirar a prova. Perguntei: "Qual é o seu nome?", e ele respondeu: "Maluquinho!". Eu tremi. Depois, perguntei o nome da mãe dele, e ele respondeu: "Naná!". Perguntei em que escola ele estudava. Era a mesma escola minha! Por último, conferi se ele tinha a mesma pinta na barriga que eu tinha e... sim! Tomei coragem e disse pra ele: "Cara, nós somos a mesma pessoa em idades diferentes".

Claro que o menino não acreditou. Mas, para provar, contei todos os segredos que só eu sabia. Por exemplo: onde ele, quer dizer, eu, costumava guardar meus tesouros. Contei também sobre aquele dia em que eu, quer dizer, ele, roubou os marzipans da tia Isaura e escondeu atrás da geladeira. Segredo mortal! Pra terminar, mostrei que eu tinha a pinta na barriga no mesmo lugar que ele.

Eu, quer dizer, nós, estávamos ali, tendo aquela conversa absurda, quando, de repente, chegou um adulto muito parecido com o meu pai. Ele se aproximou parecendo que queria falar com a gente.

Ninguém podia saber! Então, caminhamos para longe dos outros, subimos numa grande pedra na beira do mar e fomos ter uma conversa a sós, de maluquinho para maluquinho.

Ficamos ali... eu, eu, eu e o mar.

oi uma conversa diferente, é claro... porque todo mundo ali sabia quase tudo sobre os outros dois, de modo que o silêncio tomou conta.

Aquele momento foi tão especial... Pareceu uma eternidade! Mas, na verdade, durou pouco, porque logo ouvimos a voz da minha, quer dizer, da nossa mãe, repetida duas vezes, chamando por nós. Tivemos que nos despedir às pressas e prometemos guardar segredo sobre aquele encontro.

Antes de partir, claro, nós, maluquinhos-criança, perguntamos ao maluquinho-adulto como seria nosso futuro. Ele sorriu e disse apenas: "Como diz o poeta, o menino é o pai do homem!". A gente não entendeu nada. Ele explicou que o futuro depende do que a gente faz aqui, agora.

Cada um foi pro seu lado e voltamos a ser apenas nós mesmos nesse vaivém eterno das ondas nesse mistério chamado tempo.

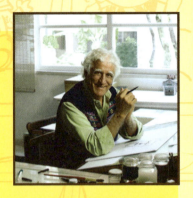

Ziraldo
nasceu em Caratinga, Minas Gerais, em 1932. Autor de livros infantis, ilustrador e cartunista, Ziraldo é uma das personalidades de maior destaque da cultura brasileira. Sua obra compreende mais de 160 títulos para crianças e jovens, além de publicações para adultos. Com seus livros traduzidos para diversos idiomas, Ziraldo representa o talento e o humor brasileiros no mundo. Seu livro de maior sucesso é *O Menino Maluquinho*, um dos maiores fenômenos editoriais no Brasil de todos os tempos. O livro foi adaptado para teatro, quadrinhos, ópera infantil, videogame, internet e cinema, conta com 116 edições, tendo vendido mais de 3,5 milhões de exemplares. Alguns prêmios do autor:
• Prêmio Jabuti 1982 – Melhor Livro de Arte: *O Bichinho da Maçã*
• Prêmio HQ MIX 1989 : *O Menino Quadradinho*
• Altamente Recomendável para Jovens FNLIJ 1995: *Uma Professora Muito Maluquinha*
• Altamente Recomendável para Crianças FNLIJ 2004: *Os Meninos Morenos*
• Super Prêmio Andersen da Itália, 2004: *Flicts*

Anna Muylaert
nasceu em São Paulo, em 1964. É escritora, diretora e roteirista de cinema e TV. Dirigiu os filmes *Durval Discos*, *É Proibido Fumar*, *Chamada a Cobrar* e *Que horas ela volta?*. Na TV, participou das equipes de criação dos programas *Mundo da Lua* e *Castelo Rá-Tim-Bum* (TV Cultura); *Disney Cruj* (SBT); *Um Menino Muito Maluquinho* (TV Brasil) e *As Canalhas* (GNT). É autora dos livros *Vai!* (Massao Ohno), *O Diário de Bordo do Etevaldo*, *As Memórias de Morgana* e *As Reportagens de Penélope* (Companhia das Letrinhas) e *Gato e Sapato* (Global Editora). É mãe de José e Joaquim.